LE

MOULIN A PAROLES

(Imprimé en couleurs)

LE MOULIN A PAROLES

PAR

LORENTZ FROELICH

TEXTE

PAR P. J. STAHL

8 gravures imprimées en couleurs

Chromotypographie de G. Silbermann

BIBLIOTHÈQUE
DU MAGASIN D'ÉDUCATION ET DE RÉCRÉATION
J. HETZEL, 18, RUE JACOB
PARIS

STRASBOURG, TYPOGRAPHIE DE G. SILBERMANN

A déjeuner, pendant que son frère et sa petite sœur prennent leur bon café, bien chaud, que fait le Moulin à paroles?

Le Moulin à paroles jase à tort et à travers. Sa Bonne a beau lui dire : « Mademoiselle Fanny, Mademoiselle Fanny, votre café va être immangeable! » Mademoiselle Fanny continue ses discours interminables. Aussi les autres ont fini qu'elle n'a pas commencé. On ne peut pas faire deux choses à la fois.

II.

Mlle Fanny a d'autant plus grand tort : 1° qu'elle n'aime pas à déjeuner seule, 2° qu'à force d'avoir attendu, son café refroidi se couvre d'une vilaine peau dont elle ne se soucie guère et que son déjeuner est tout gâté. Son estomac paiera pour sa langue.

Voilà ce que c'est que d'être un petit Moulin à paroles.

III.

Au jeu c'est la même chose : elle parle, elle parle, elle parle ! ! et personne, pas même elle peut-être, ne saura jamais ce qu'elle a dit. Ses frères, ses petites camarades, ne voulant pas perdre en discours l'heure de la récréation, finissent par se boucher les oreilles en lui disant qu'ils en ont assez et trop et beaucoup trop, et qu'ils ne veulent plus rien entendre.

IV.

Mlle Fanny n'en continue pas moins à jacasser comme une pie. Ce que voyant, tous les enfants prennent le parti de se sauver pour aller jouer tranquillement bien loin d'elle. Ce n'est que quand ils ont disparu que le petit Moulin à paroles s'aperçoit qu'il moud ses paroles pour lui tout seul.

Mais le Moulin à paroles trouve toujours à qui parler. Mlle Fanny range sa poupée, sa ménagerie, tous ses jouets sur la table, et au lieu de se contenter d'adresser à cet auditoire les quelques petits mots bien sentis qui pourraient l'intéresser, elle lui tient des discours plus longs que ceux d'un avocat ou même d'un député.

La vérité est que l'auditoire qu'elle a devant elle est le seul qui puisse l'écouter sans prendre la fuite.

VI.

C'est l'heure de la promenade. Les frères et la sœur du Moulin à paroles sont déjà habillés ; la toilette de Mlle Fanny n'est pas achevée. On ne peut pas l'attendre. Le Moulin à paroles restera à la maison — on part sans elle. Pourquoi Fanny a-t-elle préféré bavarder ?

VII

Demeurée seule, la pauvre Fanny descend au jardin et s'y trouve en tête-à-tête avec Monsieur Jacquot, le perroquet. L'impertinent Jacquot rit aux éclats en apercevant la petite mine déconfite du Moulin à paroles. — « Sot oiseau ! lui dit Mlle Fanny, sais-tu seulement pourquoi tu ris ? — Oui ! oui ! oui ! MOULIN A PAROLES, oui ! oui ! oui ! » répond le perroquet. Mlle Fanny est stupéfaite. Quoi ! Jacquot lui-même sait le vilain nom qu'elle a mérité ... faut-il qu'il l'ait entendu souvent répéter !...

VIII.

En se sauvant pour échapper à la gaîté agaçante de son perroquet, Fanny arrive jusqu'à la basse-cour. Grand Dieu ! à sa vue le coq chante, les oies caquètent, les canards font kuan ! kuan ! les chiens hurlent, les chats miaulent, l'âne entonne son plus grand air, et la cigale elle-même se mêle à ce charivari. — Assourdie, abasourdie, Fanny comprend alors qu'un défaut si désagréable dans les autres n'est pas bon à garder pour elle, et elle se promet d'étonner désormais le monde par sa réserve et son silence.

C'en est fait, la gentille Fanny n'est plus bavarde.

J. HETZEL & Cie, 18, RUE JACOB.

Bibliothèque illustrée de Mlle Lili et de son cousin Lucien.

ALBUMS EN 7, 8, 9 & 12 COULEURS.

	cart.	rel.
LE MOULIN A PAROLES. Album de 8 planches par FRŒLICH, texte par P.-J. STAHL	1f 50c	3f »
MONSIEUR CÉSAR. Album de 12 planches par FRŒLICH, texte par P.-J. STAHL	1 50	3 »
HECTOR LE FANFARON. Album de 8 planches par FRŒLICH, texte par P.-J. STAHL	1 50	3 »
JEAN LE HARGNEUX. Album de 16 planches par FRŒLICH, texte par P.-J. STAHL	2 »	3 50
HISTOIRE D'UN AQUARIUM ET DE SES HABITANTS, par ERNEST VAN BRUYSSEL, dessins imprimés en douze couleurs	6 »	8 »

PREMIER AGE. — JEUNES FILLES. — JEUNES GARÇONS.

	cart.	rel.
HECTOR LE FANFARON, texte par P.-J. STAHL. Album illustré par FRŒLICH	1f	2 50c
JEAN LE HARGNEUX, texte par P.-J. STAHL. Album illustré par FRŒLICH	1	2 50
ZOÉ LA VANITEUSE, texte par P.-J. STAHL. Album illustré par FRŒLICH	1	2 50
MADEMOISELLE PIMBÈCHE, texte par P.-J. STAHL. Album de 16 dessins par FRŒLICH	2	3 50
LE ROI DES MARMOTTES, texte par P.-J. STAHL. Album de 17 dessins par FRŒLICH	2	3 50
ALPHABET DE Mlle LILI Album de 30 dessins par FRŒLICH, imprimé en rouge et noir par SILBERMANN	3	4 50
L'ARITHMÉTIQUE DE Mlle LILI Album de 38 dessins par FRŒLICH	3	4 50
LA JOURNÉE DE Mlle LILI, texte par P.-J. STAHL, 22 vignettes par FRŒLICH	3	4 50
Mlle LILI A LA CAMPAGNE, texte par P.-J. STAHL. Album de 27 dessins par FRŒLICH	3	4 50
LE PETIT TYRAN, texte par P.-J. STAHL. Album de 24 dessins par MARIE	3	4 50
MONSIEUR TOC-TOC, texte par P.-J. STAHL. Album de 26 dessins par FRŒLICH	3	4 50
CAPORAL, le CHIEN DU RÉGIMENT. Album de 26 dessins par LANÇON	3	4 50
LES PREMIÈRES ARMES DE Mlle LILI, texte par P.-J. STAHL. Album de 25 dessins par FRŒLICH	3	4 50
LE PETIT DIABLE, texte par P.-J. STAHL. Album de 23 dessins par FRŒLICH	3	4 50
LES PETITES AMIES, texte par P.-J. STAHL. Album de 21 dessins par PLETSCH	3	4 50
HISTOIRE D'UN PAIN ROND. Album illustré de 34 dessins par FROMENT	3	4 50
PIERROT A L'ÉCOLE. Album illustré de 33 dessins de G. FATH	3	4 50
L'HISTOIRE DU GRAND ROI COCOMBRINOS, silhouettes enfantines par MICK NOEL	3	4 50
BÉBÉ A LA MAISON. Album illustré par FRŒLICH	4	5 50
BÉBÉ AUX BAINS DE MER. Album illustré par FRŒLICH	4	5 50
VOYAGE DE Mlle LILI AUTOUR DU MONDE, par P.-J. STAHL. Album de 49 dessins par FRŒLICH	5	7 »
VOYAGE DE DÉCOUVERTES DE Mlle LILI, par P.-J. STAHL. Album de 49 dessins par FRŒLICH	5	7 »
LE ROYAUME DES GOURMANDS, par P.-J. STAHL. Album de 49 dessins en trois couleurs, par FRŒLICH	5	7 »
LA BELLE PETITE PRINCESSE ILSÉE, conte allemand, par P.-J. STAHL, dessins par FROMENT, encadrements rouges	5	7 »
AVENTURES SURPRENANTES DE TROIS VIEUX MARINS, par JAMES GREENWOOD, dessins par ERNEST GRISET. Album in-4°	5	7 »

STRASBOURG, TYPOGRAPHIE DE G. SILBERMANN.

www.ingramcontent.com/pod-product-compliance
Ingram Content Group UK Ltd.
Pitfield, Milton Keynes, MK11 3LW, UK
UKHW021032220726
13924UKWH00001B/274